20 fábulas

ya LEO

de La Fontaine

Edición: M.ª Jesús Díaz
Textos adaptados y realizados por Celia Ruiz/*delicado diseño*
   bajo la dirección e instrucciones de Susaeta Ediciones, S.A.
Ilustraciones realizadas por Marifé González bajo la dirección
   e instrucciones de Susaeta Ediciones, S.A.
Diseño, realización y cubierta: *delicado diseño*/Equipo Susaeta

© SUSAETA EDICIONES, S.A. - Obra colectiva
C/ Campezo, 13 - 28022 Madrid
Tel.: 913 009 100 - Fax: 913 009 118
www.susaeta.com

20 fábulas

ya LEO

de La Fontaine

susaeta

Índice

La lechera

En la montaña, vivía una lechera con su madre. La joven ordeñaba todos los días las ovejas. Con la poca leche que sacaba hacía queso o mantequilla. Pero una mañana, el cántaro se llenó y decidió vender la leche en la feria de un pueblo cercano.

Lechería

Se puso el cántaro en la cabeza y marchó hacia la feria. Estaba tan contenta que no paraba de cantar y soñar en voz alta.

—Con el dinero que me den por la leche, compraré cien huevos bien frescos. De los huevos saldrán cien polluelos cantando el pío, pío. Y pía que te pía, llenarán el buche de trigo y maíz cada día.

Cuando estén bien hermosos los pollos, los venderé en la feria al mejor precio.

En su imaginación, la lechera contaba el dinero que sacaría de aquella venta.

—Con lo que me den por los pollos, me compraré un cerdo. Comerá patatas y coles de la huerta. Cuando esté bien gordo, lo venderé lo más caro que pueda.

Y como soñar no cuesta nada, continuó soñando.

—Con el dinero que me den por el cochino, me compraré un ternero y una vaca. Segura estoy de que tendré la mejor lechería de la sierra. Encima de la puerta, pondré una tabla que diga:

«La mejor leche de vaca y oveja. Quesos excelentes, mantequilla fresca».

La joven iba tan distraída que no vio una piedra enorme que había en el camino. Así que tropezó en ella, cayó al suelo y el cántaro se hizo añicos. Desesperada, la joven no paraba de llorar mientras gritaba:

—¡Adiós leche, adiós pollos, adiós cerdo, adiós todos mis sueños! ¡Adiós vaca, adiós ternero, adiós la mejor lechería de la sierra!

Triste y cabizbaja, la lechera volvió a su casa. Cuando su madre supo lo ocurrido, consoló a la muchacha y le dijo:

—La próxima vez, no olvides este consejo:

*Para que los sueños
se hagan realidad,
abre bien los ojos:
ve poco a poco,
con tranquilidad.*

La zorra y las uvas

Había una vez una zorra que se sentía la más triste y desgraciada de la tierra. Como estaba con la tripa vacía, salió al campo por si encontraba algo de provecho.

—¡Qué feliz sería si pillase una perdiz, una liebre o un conejo! —decía la zorra mientras se le hacía la boca agua al pensar en esos animalillos indefensos.

Pero la zorra
no encontró nada,
excepto flores,
hierbas y cardos.

Andando y andando, la
zorra llegó a un huerto.
Después de comprobar que
no había nadie, se decidió a entrar.

—Descansaré un ratito. Tal vez se
me pase el hambre y las tripas dejen
de hacer el ruido que hacen.

En cuanto la zorra entró en el
huerto, vio una parra muy alta de
donde colgaban unas uvas grandes
y maduras. Aunque era imposible
cogerlas, la zorra saltó una y otra
vez para alcanzarlas; saltó hasta
cien veces.

Pero por más que
brincaba, no consiguió tocar
las uvas con sus garras.
Cansada de intentarlo, miró hacia la
parra y dijo con desprecio:

—¡Vaya porquería de uvas! Son
pequeñas y están verdes. Menos mal
que no las he comido. Si las llego a
probar, ahora me dolería el estómago
de lo ácidas que están.

Una golondrina que oyó lo que
la zorra decía, le llamó la atención.

—Señora mentirosa, usted sabe
como yo que las uvas están
maduras pero no
puede alcanzarlas.

Para la próxima vez,
recuerde que:

*No es lo mismo
querer que poder,
ni la noche se parece al día.
Cada cosa es como es
diga uno lo que diga.*

El lobo y el perro flaco

Ésta es la historia de un lobo viejo y medio enfermo. Apenas tenía fuerzas para andar y mucho menos para perseguir a cualquier animal. Como no cazaba, estaba muerto de hambre. En las frías noches de invierno, su aullido asustaba a todos.

Un día decidió dejar el bosque y bajar hasta el pueblo cercano.

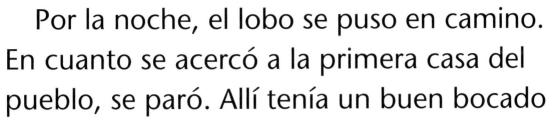

Por la noche, el lobo se puso en camino. En cuanto se acercó a la primera casa del pueblo, se paró. Allí tenía un buen bocado de carne atado a una cadena. Era un perro famélico que, al ver al lobo, decidió salvar el pellejo.

—Señor lobo, venga y míreme usted bien.

El lobo se acercó y vio que aquello, más que un perro, parecía un saco de huesos. El perro dijo:

—Como ve, estoy muy flaco.

Y siguió diciendo:

—Sólo va a poder chupar los huesos. Pero si espera unos días, le aseguro que estaré más llenito.

—No me fío —le interrumpió el lobo—. Quiero comer y me da lo mismo la carne de primera que la de tercera.

El lobo abrió la boca y enseñó los dientes. Le quedaban pocos, pero eran muy afilados y al perro le dieron miedo.

—Señor lobo, ¡escúcheme! Mañana se casa la hija de mi dueño. Durante una semana se celebrará la boda con banquetes. ¡Yo me pondré las botas! Si espera siete días, hincará el diente en una carne tierna y sabrosa. ¿Acepta el trato?

—De acuerdo —respondió el lobo imaginándose el festín.

El lobo se marchó al bosque y el perro, contento, pudo respirar de nuevo.

Dos semanas más tarde, el lobo volvió al pueblo. En cuanto vio al perro, se relamió de gusto.

—Menos mal que ha cumplido su palabra. Le veo más gordo y más lustroso —dijo tocándole el lomo.

—Yo soy un perro que cumple la palabra que da —dijo muy serio—. Pero antes de irme con usted, me gustaría pedirle un último favor: ¿podría despedirme de mi padre y de mi madre?

—Está bien, despídase usted. Pero sea breve.

Entonces el perro ladró y, al momento, se presentaron dos mastines más grandes que el lobo y muchísimo más fieros. Aunque no tenía fuerzas, el lobo echó a correr y no paró hasta que llegó al bosque. Cuando se vio a salvo, se detuvo. Entonces recordó este consejo:

No confíes en el bien futuro y disfruta de lo que está seguro.

El congreso de los ratones

Érase un país llamado Ratilandia donde vivían ratas y ratones de todos los tamaños y colores. Aquel lugar de sótanos y cuevas era tranquilo, aunque muy triste.

Desde hacía un año, sus habitantes vivían desesperados. A la vecindad había llegado un enorme gatazo que les había declarado la guerra.

—Esta noche no ha vuelto Rabogrís —decía la vecina del ratón desaparecido.

—Según el periódico, el gato atacó a cuatro ratones y ninguno salió vivo.

Los habitantes de Ratilandia estaban hartos y cansados de aquel «ratoncidio».

—¡Esto no puede seguir así! ¡Hay que hacer algo! —gritaban los ratones irritados y ofendidos.

Con tantas protestas, los ratones más viejos y sabios decidieron hacer un congreso.

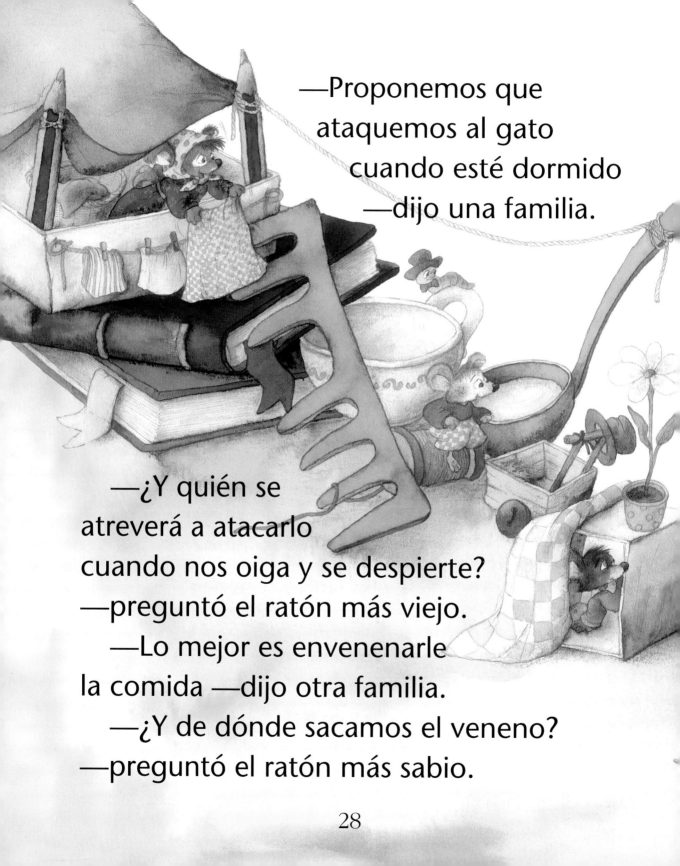

—Proponemos que ataquemos al gato cuando esté dormido —dijo una familia.

—¿Y quién se atreverá a atacarlo cuando nos oiga y se despierte? —preguntó el ratón más viejo.

—Lo mejor es envenenarle la comida —dijo otra familia.

—¿Y de dónde sacamos el veneno? —preguntó el ratón más sabio.

—Nuestra solución es mucho más fácil que todo eso —añadió una tercera familia—. Proponemos que sólo salgamos de la cueva cuando estemos seguros de que el gato se ha ido de juerga.

—Está bien —dijo otro de los ancianos sabios—. Pero ¿qué hacemos si el gato se queda en casa un mes entero?

Cada propuesta era discutida en la sala. Nadie se ponía de acuerdo, todo eran pegas.

De pronto, un ratón jovenzuelo pidió la palabra y, tras enseñar a todos un cascabel, dijo:

—La mejor solución es ponerle este cascabel al gato. Así, cuando se acerque, le oiremos llegar y podremos huir a tiempo.

Los sabios se reunieron para reflexionar. Aquélla era una buena solución. Tenían el cascabel… ¡sólo había que ponérselo al gato! Pero el más viejo de todos preguntó:

—¿Quién se atreve a poner el cascabel al gato? Si hay alguien, que lo diga.

Durante un buen rato, todos los ratones se quedaron mudos. Entonces el ratón presidente dio por terminado aquel congreso con estas palabras:

Todos sabemos la solución,
pero nos falta el valor.

El ratón de ciudad y el de campo

La familia Rabolargo vivía en la ciudad. Sólo el abuelo continuaba viviendo en el pueblo. Al viejo ratón le gustaba la vida tranquila del campo… Además, cerca de su casa tenía un granero y nunca le faltaba comida. Un día, su nieto mayor le llamó por teléfono.

—Abuelo, quiero que vengas a mi fiesta de cumpleaños. Podrás ver a todos tus hijos, hermanos y nietos.

—¿Por qué no haces la fiesta en mi casa de campo? —le preguntó el abuelo—. Aquí hay sitio de sobra, nadie nos molestará…

—No, abuelo, el campo es aburrido y allí no hay tantas cosas como aquí.

—¡Está bien!, iré a la ciudad.

En cuanto el anciano Rabolargo puso el pie sobre el asfalto, se sintió mareado.

—¡Qué atascos, cuánto ruido, qué contaminación, cuánta gente! —exclamó.

¡Menos
mal que en la fiesta
estaba la familia Rabolargo al completo!

—¡Qué comida tan rica, qué sabrosa!
—exclamaban los ratoncillos golosos.

—Como en la ciudad no se vive en
ningún lado —decían los más jóvenes.

De pronto, se oyeron unos pasos…
Toda la familia Rabolargo huyó y buscó un
lugar más seguro. Con éste y otros diez
sustos más, nadie pudo comer nada.

Temblando de miedo,
el abuelo le dijo al nieto:

—Si quieres llegar a viejo, oye este consejo:

Para vivir bien y a gusto,
sin sustos y sin disgustos,
deja pronto la ciudad,
que en el campo siempre hay paz.

La cigarra y la hormiga

Esta historia sucedió un día de invierno. Hacía tanto frío que de tanto tiritar, a la cigarra se le enredaron las antenas.

—¡Me voy a congelar! —exclamó mientras buscaba algo para comer.

Por más que miró en los cajones de la cocina y en las baldas de la despensa, la pobrecilla no encontró nada. Desesperada, se puso a llorar.

—¡No tengo mosca ni gusano que llevarme a la boca! ¡No tengo ni grano de trigo, ni trozo de pan, ni una sola miga…! ¡Pero tengo una amiga!

Al acordarse de la hormiga, la cigarra se puso muy contenta. Así que salió de su casa y llamó a la puerta de su vecina.

—¡Entra, entra! —le dijo la hormiga en cuanto la vio—. Cuéntame, dime qué te pasa…

—¡Socorro, amiga hormiga!
—gritó la cigarra—.
Me muero de frío, me muero de hambre. Mi despensa está vacía y no tengo ni un céntimo. Necesito que me prestes algunos granos de trigo, cebada o centeno. Te los devolveré en cuanto llegue el buen tiempo. Te lo prometo.

La hormiga, que era muy trabajadora pero poco generosa, se enfadó muchísimo. La agarró de las alas y, poniéndola de patitas en la calle, le preguntó:

—¿Se puede saber qué hacías este verano mientras yo sudaba recogiendo el grano?

Avergonzada, la cigarra contestó:
—Cantaba… Cantaba para alegrar la vida a los que pasaban por los caminos.

Y continuó diciendo con más entusiasmo:

—Cantaba en las fiestas de verano, iba de acá para allá haciendo galas...

—¿Cantabas? —exclamó la hormiga enfadada—. Pues si antes cantabas, ahora baila.

La hormiga dio a la cigarra con la puerta en las narices. Muerta de hambre y de frío, la pobrecilla se marchó a su casa. Pensaba en la hormiga y se dio cuenta de que no era su amiga.

—Es verdad que es muy trabajadora,
pero también es poco comprensiva
y generosa. ¡En fin! Aquí va mi consejo:

No seas como la hormiga,
que, por no dar,
no da ni los buenos días.

El gato y el ratón viejo

Había una vez un gato que era el terror de ratas, ratones y ratoncillos. Aquel que asomaba el rabo, el hocico o la pata desaparecía de un zarpazo. Los ratones tenían tanto miedo que no salían de la cueva ni para buscar comida. Y los ratoncillos tampoco se atrevían a asomar el morro.

Las abuelas se encargaban de contar a sus nietos historias terroríficas sobre aquel gato. Eran historias que acababan siempre mal y con el mismo consejo:

«Si sales de la cueva, acabarás en la tripa de esa fiera».

42

    Como los ratones no salían, el gato comenzó a pasar hambre. ¡No tenía un mal ratón que llevarse a la boca! Después de mucho meditar, se le ocurrió una brillante idea.

    —¡Ya sé lo que voy a hacer! Me colgaré boca abajo de la viga más alta de la casa y los ratones creerán que estoy muerto.

    Y tal como lo pensó, así lo hizo.

El primer ratón que lo vio, corrió a dar la noticia a sus vecinos.

—¡El gato ha muerto colgado! ¡Somos libres, somos libres!

¡Qué contentos se pusieron los ratones! Aplaudieron, saltaron de alegría. Estaban felices y satisfechos.

—¡Bien, bien, bien! —gritaron unos.

—¡Celebremos con risas su entierro! —propusieron otros.

Todos querían ver con sus propios ojos al gato muerto. Los ratoncillos más miedosos asomaron sólo un poco el hocico. Los más atrevidos salieron de sus cuevas a festejar la muerte del minino. Pero, de pronto… ¡Zas! El gato se soltó de la viga y cayó encima de los ratones.

—¡Otra vez os tengo entre mis garras! Poco a poco, iréis cayendo todos: los pequeños, los grandes, los medianos…

Y así fue. A los pocos días, el gato ideó una nueva trampa.

Se rebozó en harina todo el cuerpo y, sin mover pata ni oreja, se puso en un rincón como si fuese un saco de harina.

Al verlo, el ratón más viejo sospechó que aquello era un nuevo engaño del gato. Sin pérdida de tiempo, fue de cueva en cueva para advertir del peligro a todos los demás ratones.

—No salgáis, tened cuidado. En el rincón está el gato disfrazado de saco.

Como nadie le creyó ni le hizo caso, en cada familia murió un ratón joven o una ratona valiente. De nuevo, el ratón más viejo fue cueva por cueva consolando a todos.

Antes de marcharse, daba siempre este consejo:

Sabe más el ratón viejo por viejo
que por ser sabio
y por conocimientos.
Vale más un ratón vivo
y prudente
que un ratón muerto
que era muy valiente.

La zorra y la cigüeña

En aquellos tiempos, la cigüeña era muy amiga de la zorra: paseaban por el campo, charlaban, jugaban, se reían…

—¿Qué hora es? —preguntó un día la cigüeña.

—Pues no tengo ni idea. Pero debe de ser tarde, porque yo ya tengo ganas de comer.

Y añadió:

—¿Por qué no te vienes a mi casa, comemos las dos juntas y me sigues contando esa historia tan divertida? —preguntó la zorra a la cigüeña.

Como la cigüeña tenía un hambre que no veía, aceptó.

La una corriendo
y la otra volando
llegaron a la
vez a casa de
la zorra.

—Cigüeñita, ponte cómoda, que yo serviré la comida —dijo la zorra.

Poco después apareció la zorra con la sopera y sirvió a su amiga sopa de pescado en un plato llano. La cigüeña se quedó pasmada. Miraba la sopa, veía su larguísimo pico, observaba el plato… Por más que lo intentaba, no podía coger ni gota de caldo ni miga de pescado. Aunque estaba muy enfadada, decidió disimularlo.

—¡Muchas gracias, amiga zorra! La sopa tiene una pinta estupenda y huele fenomenal. Pero ¡qué pena!, no la puedo tomar. El médico me ha dicho que no es buena para mi pico.

La zorra se comió su plato de sopa, el de la cigüeña y toda la sopa de la sopera. Incluso mojó pan para que no quedara ni una gota.

Pasó el tiempo y, un buen día, la cigüeña fue a casa de la zorra para invitarla a comer.

—A las dos te espero en mi casa. No faltes. He hecho una comida riquísima.

Aquella mañana, la zorra no comió nada pensando en el atracón que se iba a dar. Cuando llegó la hora, salió corriendo y llegó a casa de la cigüeña en cuatro saltos.

—¡Qué bien huele! —exclamó la zorra cerrando los ojos y relamiéndose el hocico—. Déjame que pruebe este trocito.

Muy amablemente, la cigüeña le dio el trozo de carne con el pico. Como veía que se ponía nerviosa de tanta hambre como tenía, le aconsejó:

—Amiga zorra, vete al comedor y ve sentándote a la mesa, que voy yo enseguida.

Poco después apareció la cigüeña con dos botellas larguísimas repletas de comida. Al verlas, la zorra se llevó un gran disgusto: ¡de la botella no podía comer ella! Entonces, la cigüeña fue y le dijo:

—Te devuelvo lo que hiciste y recuerda:

A quien engaña y se burla,
dale engaño y hazle burla.

El cerdo, la cabra y la oveja

Una mañana de primavera, un granjero decidió ir a la feria. Ató la mula al carro y dentro metió un cochino, una cabra y una oveja. Al poco tiempo de empezar el viaje, el cerdo preguntó muy nervioso:

—¿Sabéis a dónde nos llevan?

—No sé, pero no creo que nuestro amo nos lleve de paseo por el campo —contestó la oveja.

—Señor cerdo —respondió la cabra—,
he oído que vamos a la feria. ¡Alégrese
usted! Hoy cambiaremos de dueño y
mañana viviremos en un corral distinto.

El cerdo al oír esto comenzó a gritar y a
chillar. Su pena era tan grande
que no tenía
consuelo.

—¡Auxilio, socorro! Soy un cerdo y, por ser cerdo, me llevan al matadero y no me quiero morir. ¡Pare el carro que me bajo, yo me quiero ir de aquí!

Por más que la cabra y la oveja querían tranquilizarlo, el cerdo no paraba de chillar y gruñir. El granjero, harto de oír tantas quejas, le dijo muy enfadado:

—Señorito vocinglero, ¿por qué no te callas un rato? ¿No ves que la cabra y la oveja están tranquilas? ¿No te das cuenta de que no protestan?

El cerdo se secó las lágrimas y contestó:

—Señor granjero, su situación es muy distinta.

La cabra da leche y la oveja da lana. Las dos saben que cambiarán de dueño para seguir dando leche y dando lana. Yo sólo sirvo para carne. Sé que mi cruel destino es verme convertido en jamones, lomos, chorizo, solomillo o salchichones. Si nadie me salva, iré directo al matadero. Por este motivo grito, chillo y me desespero.

Entonces, el granjero le dijo:

—Te aconsejo que te calmes y disfrutes de este viaje porque:

Ni las quejas ni los gritos
van a cambiar tu destino.
Es de listos y de sabios
callarse y no
abrir los labios.

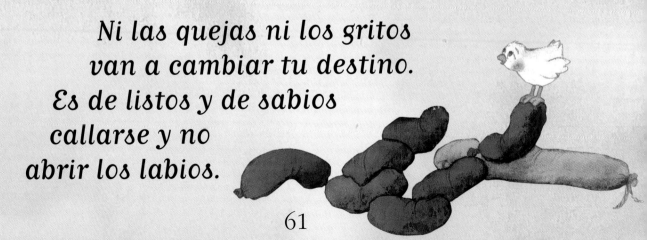

La liebre y la tortuga

Como todas las mañanas, doña Tortuga salía por el bosque. Al subir la última cuesta, se encontró a la liebre y a la familia conejo charlando bajo un árbol.

—Buenos días, doña torpe, quiero decir, doña Tortuga —la saludó la liebre burlona.

—¡Buenos días a todos! —contestó la tortuga—. He de decirle, doña Liebre, que soy lenta pero no torpe. A usted, que presume de rápida, le apuesto lo que quiera a que soy capaz de ganarle una carrera.

—¡Ja, ja, ja! Además de ser lenta, la pobre tortuga ha perdido la cabeza —comentó la liebre entre carcajadas.

Todos se rieron con la liebre, pero la tortuga no hizo caso de las burlas y volvió a repetir:

—Doña Liebre, ¿acepta usted la apuesta?

—Si no queda otro remedio, acepto —contestó la liebre—. Mañana, que es domingo, la espero en esta cuesta. Aquí estará la salida. Quien consiga dar la vuelta al bosque y llegue primero a la meta, ganará la carrera y, por tanto, la apuesta.

—De acuerdo, de acuerdo —respondió la tortuga muy segura y convencida.

Al día siguiente, todos los animales del bosque fueron a ver aquel espectáculo.

Nadie
quiso
perderse
aquella
extraña
apuesta. El búho
se encargó de dar la salida.
—Preparados, listos… ¡ya!
La tortuga se puso a andar un
poquito más rápido que
como solía hacerlo
todos los días, pues
quería ganar la carrera.

La liebre, sin embargo, se quedó hablando junto al árbol con sus amigos los conejos.

—¡Qué aburrimiento de carrera! —exclamó la liebre tocándose la oreja—. Por favor, dadme algo de comer y de beber antes de alcanzar a esa necia.

La liebre comió y bebió tanto que le entró mucho sueño y se quedó dormida bajo el árbol. ¡Menuda siesta se echó!

La tortuga, mientras tanto, sin perder el paso, iba avanzando poco a poco por el bosque entre aplausos.

—¡Vamos, vamos, que ya estás llegando! —le gritaban los animales del bosque.

Cuando la tortuga estaba a cien pasos de la meta, los conejos despertaron a su amiga la liebre.

—¡Despierta, corre, vuela! ¡La tortuga está a punto de entrar en la meta! Si no te das prisa, te ganará.

Pero aunque la liebre corrió muy ligera, no pudo ganar la carrera; había demasiada distancia entre ellas por todo el tiempo perdido.

Cuando llegó a la meta, la tortuga le preguntó:

—¿Qué tal, doña Liebre? Dígame, ¿de qué le han servido sus largas patas con esa cabeza tan pequeña que tiene?

Recuerde que en esta vida…

… no llega más lejos quien más corre, sino quien más se esfuerza.

El gallo y la zorra

En cierta ocasión una zorra paseaba por el campo y vio que, a lo lejos, un gallo saltaba fuera de un corral.

—¡Qué bocado tan rico veo volando! —exclamó la zorra relamiéndose.

Inmediatamente, la zorra aceleró el paso mientras le gritaba:

—¡Espere, señor gallo, que quiero decirle algo!

El gallo no hizo caso y voló hasta la
rama más alta de un nogal. Pasó una
hora, pasaron dos, pasaron tres y el gallo
seguía allí, mudo y quieto.

Cuando creyó que no había peligro, decidió bajar. Pero antes echó un vistazo y vio que la zorra volvía corriendo.

—Hermano gallo, le traigo buenas noticias. Los pollos, gallos y gallinas acaban de firmar la paz con los zorros y las zorras. ¡Qué abrazos se han dado! Habrá una comida para celebrarlo.

—¡Cuánto me alegro! —exclamó el gallo. La zorra le abrió los brazos y le dijo:

—Compadre, baje para abrazarle.

—Prefiero esperar a que lleguen todos.

72

—¡Para qué esperar más! —exclamó la zorra impaciente—. ¡Baje, amigo gallo!

—Bajaré cuando lleguen los perrazos que vienen por el camino —dijo el gallo.

Al oír que unos perros se acercaban, la zorra echó a correr sin parar. Mientras, el gallo cantaba:

No hay mayor gusto
que engañar a un embustero
y darle un buen susto.

La gallina de los huevos de oro

Como todos los jueves, Ernestina fue a la feria a ver lo que unos vendían y otros compraban. Después de llenar la cesta de legumbres y verduras, se dio una vuelta por la plaza donde estaban los animales.

—¡Qué terneros, qué vacas, qué cerdos! —exclamaba mientras les acariciaba el lomo—. ¡Quién fuera rica para poder comprar la mitad de lo que deseo!

De pronto, Ernestina tuvo la sensación de que alguien la llamaba con su cocorocó. Al volverse, se dio cuenta de que una gallina la miraba fijamente y parecía decirle: «Cómprame y verás como no te arrepentirás».

Con el poco dinero que le quedaba, compró aquella gallina de cresta roja y pluma negra.

Cuando Ernestina volvió a casa, dejó la gallina en el gallinero y se fue a preparar la comida para sus hijos. Como era viuda, se pasaba todo el día trabajando, yendo del campo al corral y del corral a la cocina.

Por la noche, volvió al gallinero a recoger los huevos para la cena. A tientas, los fue cogiendo y colocando en una cesta. Al llegar al ponedero de la gallina de cresta roja y pluma negra, Ernestina se extrañó.

—¡Qué huevo tan raro, qué huevo tan frío, qué huevo tan duro! ¡Es más duro que un huevo cocido!

   Ya en casa,
pudo contemplar
el huevo a la luz.
La pobre no podía creer lo que veía. ¡Era
un huevo de oro! Así que dijo a sus hijos:
   —Esto vale una fortuna. Lo venderemos
y vosotros pedid lo que queráis.

Sus hijos saltaban de alegría. Entre risas y gritos, cada uno pidió lo que quería.

—Tienes que comprar carne, pescado, jamón, pasteles… Cosas ricas que nunca hemos comido —comentó el mayor.

—Yo necesito un jersey y un abrigo para no pasar frío —dijo el hijo mediano.

—Yo quiero muñecas, libros de cuentos y muchos juguetes —añadió la más pequeña.

En cuanto amaneció,
Ernestina marchó
a la ciudad.
Después de
vender el huevo
de oro, compró
todo lo que tenía
apuntado y muchas
cosas más. Aun así, le
sobró mucho dinero. Cuando volvió a
casa, sus hijos la recibieron con abrazos.

Al anochecer, Ernestina fue a recoger
los huevos al gallinero. Y gritó de alegría:

—¡La gallina ha puesto otro huevo de oro!

Cada nuevo día, el oro se transformaba
en dinero. Y con el dinero, Ernestina pudo
comprar vacas, cerdos y terneros, y se hizo
una casa que era la más grande del pueblo.

A pesar de que tenía de todo y no le faltaba nada, Ernestina no estaba contenta. Así que una noche dijo a sus hijos:

—He llegado a la conclusión de que esta gallina tiene dentro una mina de oro. Mañana, sin falta, la mataré. ¡Seremos así los más ricos del mundo!

—Pobrecilla, no la mates —le pidió su hijo mayor—. Gracias a ella, vivimos bien.

—No es justo matarla —opinó el hijo mediano.

—¡Yo no quiero que la mates! —añadió la hija pequeña, echándose a llorar.

Pero Ernestina no hizo caso a ninguno. En cuanto amaneció, cumplió su palabra.

Cuando quitó las plumas y abrió el cuerpo de la gallina, exclamó asombrada:

—¡Pero qué es esto! ¡Pero qué es esto!

—Una gallina muerta —le dijo su hija—. Una gallina que por fuera y por dentro es igual que todas las gallinas.

Ernestina, dándose cuenta de su equivocación, les dijo a sus hijos:

—Nunca hagáis lo que he hecho yo, porque:

Quien todo lo quiere
todo lo pierde.

El asno y el perro

Un burro cargado, el perro y su amo volvían del campo cansados. Al llegar junto a unos chopos, el hombre se sentó un rato y se quedó dormido. El burro aprovechó la ocasión y se fue a comer hierba a un prado que estaba cerca. Como era la hora de la merienda, al perro también le entró hambre. Así que se fue donde el burro y le dijo:

—Amigo asno, agáchate un poco para que pueda llegar a las alforjas. Necesito comer y sé que dentro hay pan, queso y chorizo.

El burro, que estaba muy ocupado, le respondió:

—Espera a que se despierte el amo. Él te dará la merienda como hace cada tarde.

Por más que el perro insistió, el burro
no le hizo ni caso. Siguió comiendo con
ansia y el perro volvió a decir:

—Verte comer me da más hambre aún.
Arrodíllate para que pueda sacar el pan...

El burro, fastidiado, le dijo:

—Si me entretengo en hablar, no como.

De pronto, el burro puso cara de terror
al ver que un lobo venía hacía él.

—Amigo perro, ¡ladra y asusta al lobo!

—Espera a que se despierte el amo y te defienda. No tardará en levantarse de la siesta —le contestó el perro—. Pero, mientras, corre sin parar y recuerda que:

*Todos nos necesitamos
y tenemos que ayudarnos.
Si ayudas a tu vecino,
será tu mejor amigo.*

El caballo y el asno

Por una montaña subían un comerciante, un burro y un caballo. El hombre iba delante y las bestias detrás. A la mitad de la cuesta, el pobre asno se quedó sin aliento.

—¡Ayúdame, amigo caballo, no puedo andar! Por favor, carga sobre tu lomo alguno de estos sacos.

El caballo, que no llevaba
nada encima, respondió:

—¿Estás de broma? Tú eres un burro de
carga, yo un caballo de paseo.

El pobre burro no le pudo contestar.
Diez pasos más arriba, estiró la pata y se
quedó muerto en el camino.

Al oír el estruendo de su caída, el
comerciante se volvió. Se acercó al burro y
acarició por última vez su cabeza.

—¡Pobre burrillo, tan bueno y trabajador! ¿Cómo he podido colocar toda la carga sobre el pobrecillo?

Ordenó entonces al caballo que se parase y le fue poniendo las alforjas con las garrafas de aceite y los sacos de harina.

—¡Pues sí que pesa esto! —exclamó el caballo.

Pero ahí no acabó la cosa. El comerciante sacó una cuerda gruesa y fuerte de las alforjas, ató al burrillo muerto y lo enganchó al caballo.

¡El orgulloso caballo, que no había querido compartir la carga con su compañero, al final cargó hasta con el burro muerto! Por primera vez supo lo duro que era andar con tanto peso.

Cuando llegó a la cuadra, lo primero que hizo fue tirarse encima de la paja.

—¡Qué modales! ¿Sabía usted que hay que saludar cuando uno entra a un lugar? —le preguntó la mula que había allí.

El caballo se disculpó y le contó todo lo sucedido. Entonces la mula le dijo:

—Escuche bien y no olvide este consejo si quiere ser feliz:

Es bueno arrimar el hombro,
echar al otro una mano,
compartir penas y trabajo,
cuando alguien te pide algo.

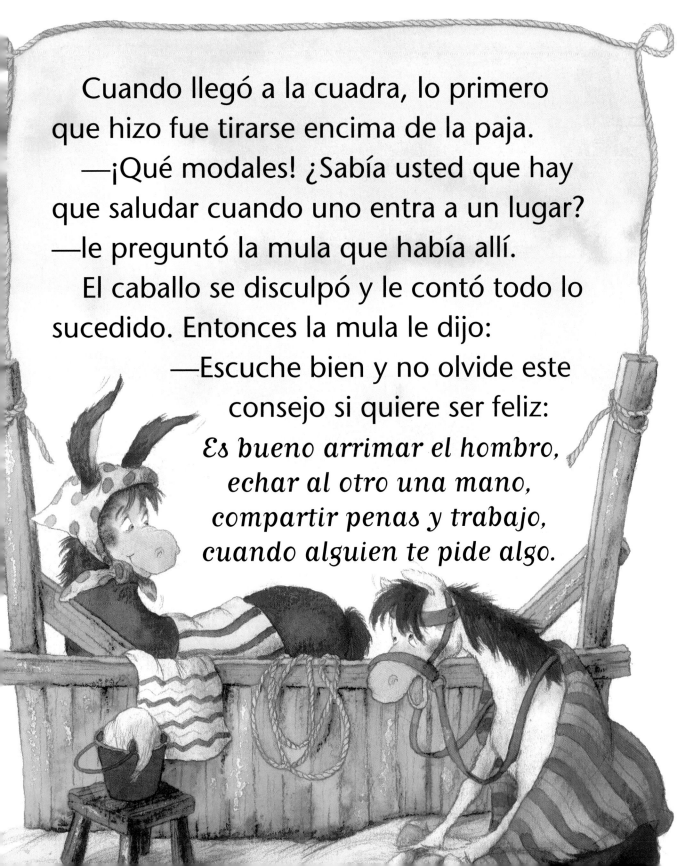

El molinero, su hijo y el burro

Había una vez un molinero que tenía un burro tan viejo que decidió venderlo en la feria de un pueblo cercano. Antes de salir, el molinero dijo a su hijo:

—Llevaremos el burro sobre nuestros hombros. Así llegará más descansado y no parecerá tan viejo. Quizá podamos venderlo mejor.

—Me parece una buena idea —respondió el hijo.

Ataron los pies y las manos del burro; colocaron debajo un largo palo y sobre sus hombros transportaron al asno.

En cuanto salieron a la calle, hombres y mujeres se rieron al ver tal espectáculo.

—¿Podríais decirme quién es más burro de los tres? —preguntó uno a gritos.

El molinero, muerto de vergüenza, desató al burro e hizo subir encima de él a su hijo.

Los tres siguieron su camino y al poco se encontraron con unos comerciantes. El más anciano gritó al hijo del molinero:

—Baja del burro, muchacho. Tu padre, que está viejo y cansado, es quien debería ir montado.

Al oír estas palabras, el chaval se apeó del asno e inmediatamente montó el padre.

Los tres siguieron su camino y poco
después se cruzaron con tres mujeres.

—¡Pobre chaval! ¡Miren al padre qué
cómodo va mientras la criatura se cansa y
suda! —exclamó una de ellas.

Entonces el molinero ordenó a su hijo
que subiera con él al burro. Pero al rato
pasó un grupo de hombres y dijeron:

—¡Qué bestias! ¡El burro va a reventar!

Hartos de tantas críticas, el molinero y su hijo se bajaron del burro y se pusieron a caminar detrás de él. Un joven gritó:

—¡No puede ser cierto! Ellos andando y el burro a sus anchas sin peso.

—Así vamos —dijo el molinero— porque:

Quien quiere dar gusto a todos
a nadie suele agradar
y, además, se vuelve loco.

El ciervo que se miraba en el agua

Érase una vez un ciervo presumido que se sentía el más guapo de los ciervos. Siempre le gustaba contemplarse en las aguas claras de los arroyos y decía:

—No me puedo quejar de lo guapo que soy. Mi pelo es rojizo en verano y gris en invierno. Y lo más bonito de mi cuerpo son las cuernas. ¡Cómo adornan mi cabeza!

Estaba orgulloso de su aspecto, pero también encontraba alguna pega.

—Lo que no me gusta son estas patas tan largas y delgadas que parecen palillos.

El ciervo estaba tan ensimismado que no se dio cuenta de que unos perros de caza venían a por él. Al oír sus ladridos, el ciervo corrió hacia el bosque pero se enredó con sus cuernas entre las ramas de un árbol y tardó en sacarlas. Los perros estaban cerca y el ciervo salió corriendo veloz hasta verse libre.

—¡Malditas cuernas y benditas patas! Por este adorno he estado a punto de perder la vida. Hoy he aprendido una lección que jamás olvidaré:

Lo útil sirve y es beneficioso, aunque no sea tan hermoso.

El perro que soltó su presa

Goloso era un perro de caza de primera categoría. Todo su cuerpo era blanco, excepto la cabeza, que era negra. No había un solo animal del bosque que no temblase al verlo. Porque Goloso tenía buen olfato y era más rápido que el rayo.

—¡Volad al nido, polluelos míos, que ya viene Goloso! —chillaba mamá gorriona.

—¡Gazapos, gazapillos, entrad a la madriguera, que está ahí Goloso! —gritaba mamá coneja.

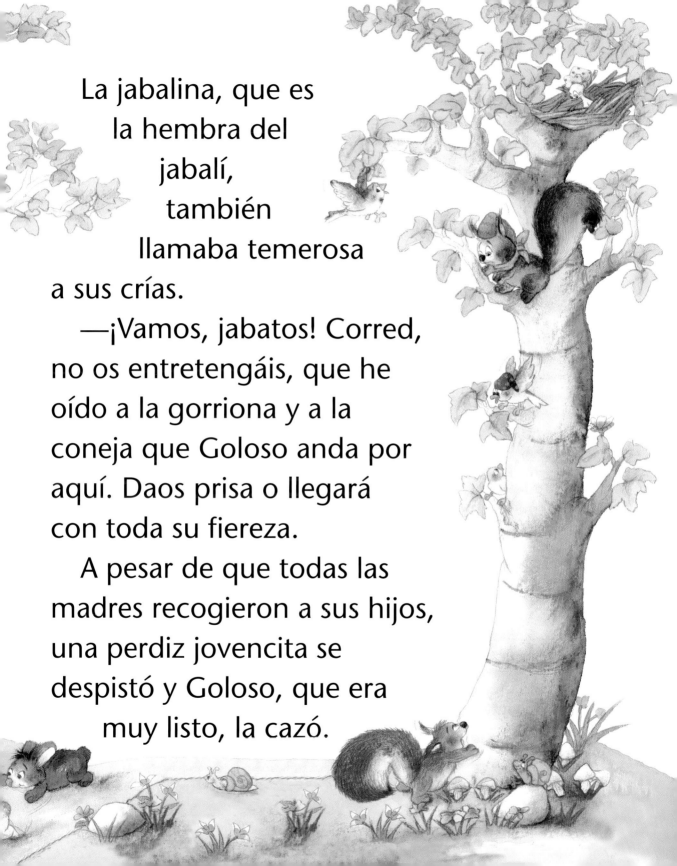

La jabalina, que es
la hembra del
jabalí,
también
llamaba temerosa
a sus crías.

—¡Vamos, jabatos! Corred,
no os entretengáis, que he
oído a la gorriona y a la
coneja que Goloso anda por
aquí. Daos prisa o llegará
con toda su fiereza.

A pesar de que todas las
madres recogieron a sus hijos,
una perdiz jovencita se
despistó y Goloso, que era
muy listo, la cazó.

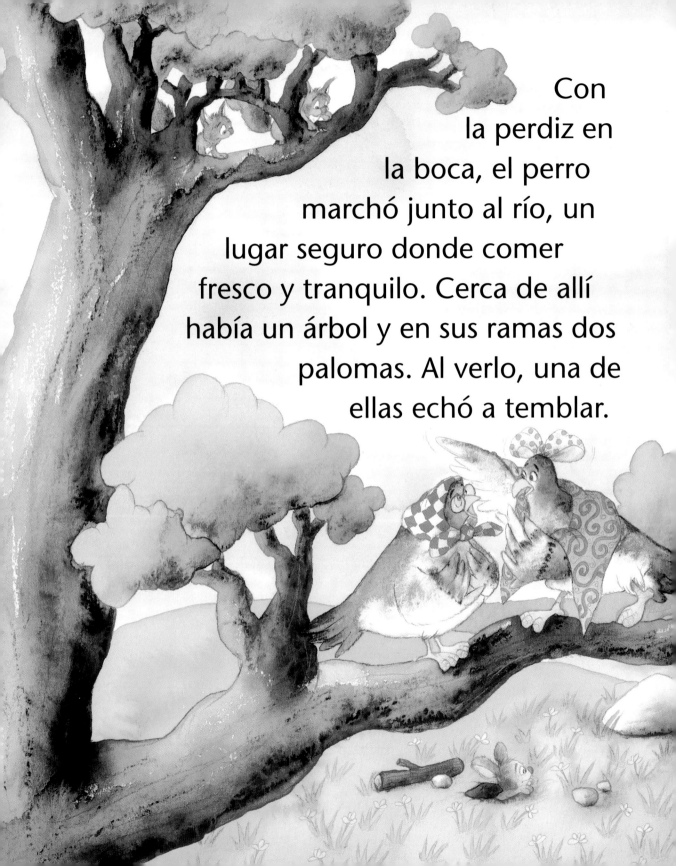

Con
la perdiz en
la boca, el perro
marchó junto al río, un
lugar seguro donde comer
fresco y tranquilo. Cerca de allí
había un árbol y en sus ramas dos
palomas. Al verlo, una de
ellas echó a temblar.

Muerta de miedo,
cerró los ojos y preguntó
a su amiga:
   —Dime, palomita,
¿qué hace Goloso?
¿Corremos peligro?
¿Nos puede cazar?
   —Tranquilízate, aquí estamos
      a salvo. Yo te contaré lo
         que hace el perro.

La paloma vio que Goloso se metía en el río y le dijo a su amiga:

—Espera un momento que ahora vuelvo. Quiero ver bien lo que está haciendo.

La paloma curiosa se fue volando para ver qué hacía Goloso y luego volvió hasta el árbol para contárselo a su amiga.

—¡Es increíble! He visto a Goloso pelearse con su propia sombra reflejada en el agua. Se pensaba que era otro perro e intentaba quitarle la perdiz que llevaba en la boca.

—¡No puede ser! —rió la otra paloma.

—De tanto pelear, abrió la boca y… ¡adiós perdiz! El agua se la está llevando. Por la cara que ha puesto, creo que se ha dado cuenta de su engaño.

—¡Cuánto me alegro! —respondió la paloma miedosa.

Antes de emprender el vuelo, la paloma valiente y curiosa llamó a Goloso y le dijo:

—Para no ser avaricioso, no olvides este consejo:

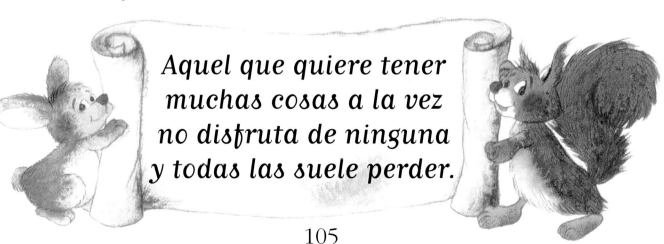

Aquel que quiere tener
muchas cosas a la vez
no disfruta de ninguna
y todas las suele perder.

El burro y sus amos

Todos los días, el burro del hortelano se levantaba al amanecer. Mientras su dueño le ponía las alforjas, él protestaba:

—¡Estoy harto de madrugar y trabajar! En este pueblo, mi rebuzno se oye antes que el canto del gallo. Desde que me pongo en pie, no paro en todo el día. Voy y vengo de la huerta a casa, de casa al mercado, del mercado a la huerta. ¡Qué vida tan aburrida, qué vida tan trabajada! ¡Esto no es vida ni es nada!

Los rebuznos del burro despertaron a su hada madrina, que oyó lo mal que lo pasaba el pobre.

—¡Hay que ver cuánto sufre este asnillo! El hada encantada se apiadó del burro y al instante movió la varita mágica. En un abrir y cerrar de ojos, lo cambió de amo y de trabajo, dejándolo en el taller de un curtidor.

A la
semana,
el burro se
quejó de nuevo.

—¡Qué mal huelen
las pieles! ¡Cuánto pesa
la carga! ¡Qué dolor en
las piernas! Estoy molido,
sin ganas de vivir.

Entre queja y queja, el
burro recordaba la buena
vida de antes.

—¡Y pensar que estaba descontento con el hortelano! —exclamó resignado—. Nunca me reñía si comía una lechuga o un puerro. ¡Aquello era vida y no esto! Vivía al aire libre, veía el sol, respiraba aire puro y no estos venenos. Iba y venía; salía, veía gente en el mercado… Aquí, sin embargo, sólo hay trabajo.

El hada, que lo oyó, movió de nuevo la varita mágica y… En un abrir y cerrar de ojos, el burro se encontró con un nuevo amo: éste era carbonero y lo llevaba por las calles arrastrando un carro de carbón.

No pasó ni una semana y el burro volvió a quejarse.

—¡Palo y trabajo! Mi vida es una pena…

El hada encantada protestó también:

—Ésta es la última vez que te hago caso. Volverás con el hortelano, pero no olvides este consejo:

Disfruta de lo que tienes,
no te quejes de tu suerte.
Vive feliz el presente,
que es todo lo que posees.

El cuervo, la gacela, la tortuga y el ratón

En un tiempo muy lejano, el ratón, la gacela, la tortuga y el cuervo eran muy amigos y vivían juntos en medio del bosque. Allí vivían felices, compartiéndolo todo. Una mañana, la gacela decidió dar un paseo y avisó a sus compañeros:

—Volveré a la hora de comer.

—¡Hasta luego, hasta luego, hasta luego! —le dijeron el cuervo, la tortuga y el ratón.

Cuando llegó la hora de la comida, todos se sentaron a la mesa esperando que la gacela llegase enseguida. Pero como el tiempo pasaba y no llegaba, se temieron lo peor.

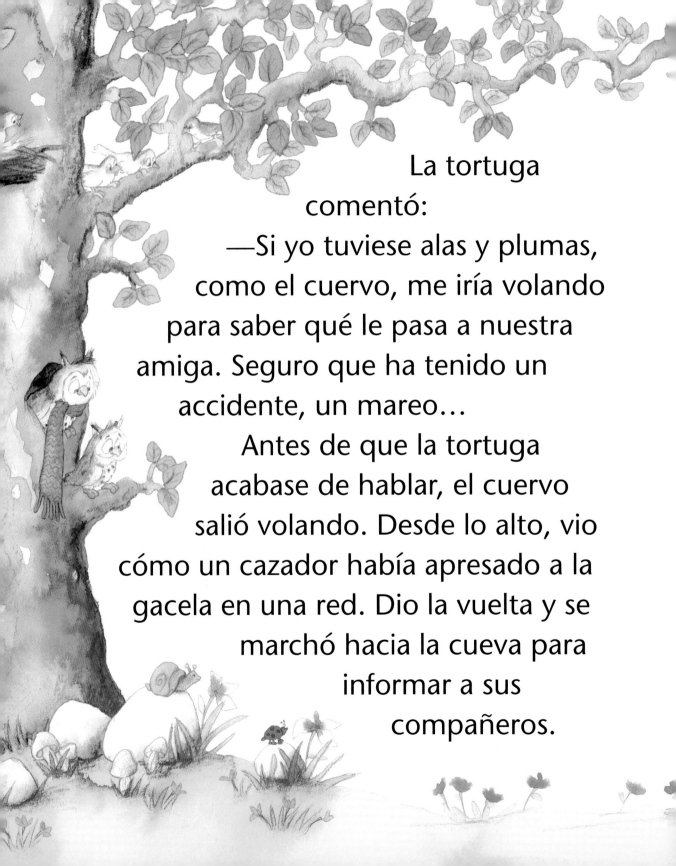

La tortuga comentó:

—Si yo tuviese alas y plumas, como el cuervo, me iría volando para saber qué le pasa a nuestra amiga. Seguro que ha tenido un accidente, un mareo…

Antes de que la tortuga acabase de hablar, el cuervo salió volando. Desde lo alto, vio cómo un cazador había apresado a la gacela en una red. Dio la vuelta y se marchó hacia la cueva para informar a sus compañeros.

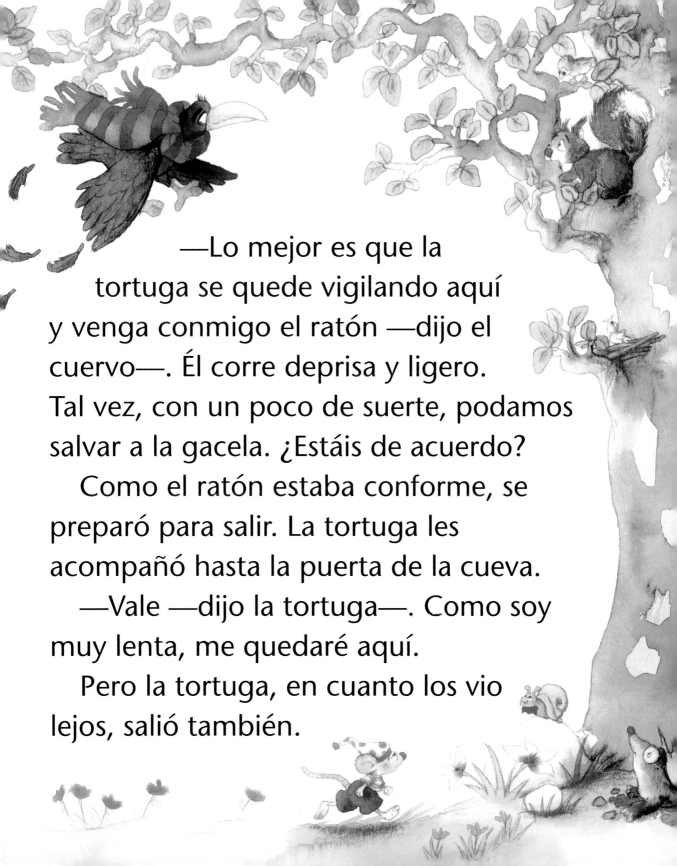

—Lo mejor es que la tortuga se quede vigilando aquí y venga conmigo el ratón —dijo el cuervo—. Él corre deprisa y ligero. Tal vez, con un poco de suerte, podamos salvar a la gacela. ¿Estáis de acuerdo?

Como el ratón estaba conforme, se preparó para salir. La tortuga les acompañó hasta la puerta de la cueva.

—Vale —dijo la tortuga—. Como soy muy lenta, me quedaré aquí.

Pero la tortuga, en cuanto los vio lejos, salió también.

El cuervo y el ratón llegaron donde estaba prisionera y sola la gacela. El cuervo trató de tranquilizarla, mientras el ratón roía las cuerdas. Deprisa, la gacela huyó corriendo y el cuervo voló hasta lo más alto de un árbol. El que no pudo salir corriendo fue el ratón. ¡A punto estuvo de que el cazador le pisara! A toda velocidad, el ratón se metió entre unas piedras y pudo ver la cara de asombro de aquel hombre.

—¿Cómo es posible que la gacela haya escapado de esta red que es tan segura?

Justo en ese momento, llegó la tortuga. El cazador, al verla, la metió en un saco.

—¡Menos es nada! Les llevaré a mis
hijos esta tortuga. Seguro que les gusta.
El ratón lo veía todo, pero no podía
hacer nada. Sin embargo, el cuervo, que
también lo había observado, salió en
busca de la gacela. Le contó el
peligro que corría la tortuga y la
gacela fue rápidamente al
encuentro del
cazador.

—¡Pero qué veo! ¡Pero si es ella! —exclamó el cazador mientras dejaba el saco y corría con los perros detrás de la gacela.

Entonces, el ratón salió de entre las piedras y mordió con rapidez el saco. Cuando la tortuga salió, se abrazaron los dos y volvieron a la cueva. Allí estaban el cuervo y la gacela. Se abrazaron más de cien veces y no pararon de reír pensando en la cara de susto del cazador al ver el saco vacío. Así que brindaron cantando:

¡Que viva la amistad,
que da felicidad!
¡Que vivan los amigos,
que dan tanto cariño!

El burro y el perrillo

Había una vez un burro que vivía con un perrillo en una granja. Chispas, que así se llamaba el chucho, era un cachorro gracioso y juguetón. Por donde pasaba, recibía una caricia, una palabra de afecto o algún que otro hueso. Desde que el perro había llegado a la casa, no se oía otra cosa que su nombre: «Chispas, ven aquí. Chispas, corre allá. Chispas, Chispas, Chispas».

El burro, cada vez que veía estas pruebas de cariño, se ponía verde de envidia y rebuznando se quejaba.

—¡Qué vida tan injusta! —decía—. El perro, que no hace nada, recibe caricias y abrazos. A mí, que no paro de trabajar, no me dan ni las gracias. Él duerme con mis amos en la cama, mientras yo descanso en la paja de la cuadra…

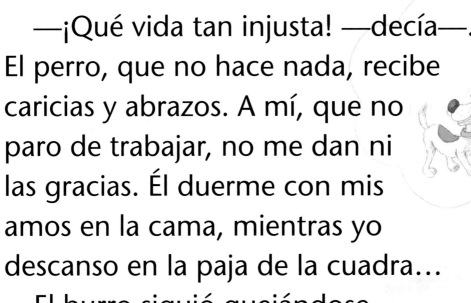

El burro siguió quejándose amargamente. Luego dijo:

—A partir de ahora me fijaré en todo lo que hace el chucho. Lo que él haga, lo haré yo también. A ver si así consigo el amor de mis dueños.

Llegó un momento en que el burro se sabía de memoria todo lo que hacía el perro.

Un día se acercó a su amo, dio unos saltos y se revolcó delante de él. Después, el burro se levantó, le plantó las patas delanteras sobre los hombros, le abrazó y le lamió la cara con su larga lengua.

Ante aquellas muestras de cariño, el granjero llamó a sus criados aterrorizado:

—¡Auxilio! Libradme de este asno loco.

Los mozos llevaron al burro a la cuadra mientras le daban este consejo:

La envidia no es cosa buena
pues te hace padecer.
Haz lo que sabes hacer
y recibirás recompensa.